Junie . en 1re année
Tricheuse-copieuse

As-tu lu les autres livres de la collection Junie B. Jones de Barbara Park?

Junie B. en 1re année

BARBARA PARK

Junie B. en 1re année
Tricheuse-copieuse

Illustrations de Denise Brunkus

Texte français d'Isabelle Allard

Éditions
SCHOLASTIC

Catalogage avant publication de Bibliothèque et Archives Canada

Park, Barbara

Tricheuse-copieuse / Barbara Park ;
illustrations de Denise Brunkus ;
texte français d'Isabelle Allard.

(Junie B. en 1re année)
Traduction de: Cheater pants.
Public cible: Pour les 7-10 ans.
ISBN 978-0-545-98728-8

I. Brunkus, Denise II. Allard, Isabelle III. Titre. IV. Collection.

PZ23.P363Tr 2009   j813'.54   C2008-906706-1

Édition publiée par les Éditions Scholastic,
604, rue King Ouest, Toronto (Ontario) M5V 1E1.

5 4 3 2 1   Imprimé au Canada   09 10 11 12 13

Imprimé sur du papier
contenant 30 % de
matériaux recyclés

Préservons notre environnement

Scholastic a choisi d'imprimer ce livre sur du papier recyclé et a
réduit sa consommation de ressources[1] et sa pollution[1] dans les mesures suivantes :

	énergie	eau	gaz à effet de serre	déchets solides
	5 millions de BTU	10 541 litres	304 kg	162 kg

arbres de nos
forêts ont été sauvés.

Imprimé par **Webcom Inc.** sur du papier
Legacy Trade Book White 30% à contenu postconsommation de 30 %.

FSC

Sources Mixtes
Groupe de produits issu de
forêts bien gérées et de bois
ou fibres recyclés

Cert no. SW-COC-002358
www.fsc.org
© 1996 Forest Stewardship Council

[1]L'estimation des effets sur l'environnement a été faite au moyen du calculateur «Environmental Defense Paper Calculator».

Table des matières

1

A+ pour Marion

Lundi

Cher journal de première année,

Hier, c'était la fin de semaine.

La fin de semaine, c'est un autre nom pour dire samedi et dimanche. Sauf que je ne sais pas pourquoi.

Ces deux journées ont passé comme un éclair. C'est pour ça que je n'ai pas eu le ~~tant~~ temps de faire mon devoir. C'est vrai, quoi! Est-ce que j'ai l'air d'une horloge, moi?

Hier soir, j'ai ~~suplié~~ supplié papa de me laisser me coucher plus tard pour faire mon devoir. Mais il a dit non. Il a éteint la lumière.

Ce n'était pas très gentil.

Maintenant, je suis à l'école. Et M. Terreur a dit de sortir nos devoirs, s'il vous plaît.

J'ai mal au ventre.

J'espère que papa est content de lui.

Junie B., élève de première année.

À côté de moi, Marion a sorti son devoir de son sac à dos. Elle l'a mis sur son pupitre. Elle a lissé le papier et m'a souri.

— Je suis sûre que je vais avoir un autre A+ pour celui-là. J'ai eu un A+ pour *tous* mes devoirs, Junie Jones. Une fois, mon devoir était tellement parfait que M. Terreur a envoyé un message de félicitations à mes parents.

— Bla, bla, bla, ai-je dit en haussant les épaules.

Marion m'a regardée d'un air fâché. Puis elle a donné une tape sur la tête de Louis.

— Louis, as-tu entendu ce que je viens de dire à Junie Jones? Je lui ai dit que j'avais toujours, toujours des A+ pour mes devoirs.

Louis s'est retourné.

— S'il te plaît, ne touche pas à mes cheveux, Marion, a-t-il répondu. J'ai utilisé mon nouveau gel pour les hérisser. Je ne veux pas que tu me décoiffes.

J'ai envoyé la main à Louis, de l'autre côté de l'allée.

— Moi, je ne toucherais jamais à tes cheveux, Louis, ai-je dit. Tes cheveux sont une œuvre d'art très intéressante, je trouve. Et les œuvres d'art, c'est fait pour regarder, pas toucher.

— Merci, Junie B. Jones, a dit Louis.

— Il n'y a pas de quoi, Louis Je-ne-me-rappelle-plus-ton-nom-de-famille, ai-je répliqué.

Après, j'ai souri à Marion d'un air satisfait.

Louis m'aime *beaucoup* plus qu'elle.

Marion m'a regardée en plissant les yeux.

— Pourquoi n'as-tu pas encore sorti ton devoir, Junie Jones? Tu n'écoutes pas très bien les consignes, ce matin!

J'ai poussé un soupir.

Puis j'ai fouillé dans mon sac à dos. J'ai sorti un papier froissé. J'ai fait comme si c'était mon devoir.

— Voilà, ai-je dit. C'est mon devoir. Maintenant, occupe-toi de tes oignons, espèce de fouineuse!

Le visage de Marion est devenu tout rouge.

Elle a commencé à lever la main pour tout rapporter au prof.

Sauf qu'au même moment, M. Terreur a dit son nom.

— Marion? C'est ton tour d'apporter la feuille de présences au bureau. Veux-tu venir la chercher, s'il te plaît?

— Oui! a-t-elle dit. Avec *plaisir*, monsieur!

La feuille de présences, ça sert à envoyer le nom des enfants absents au bureau.

Je ne suis pas d'accord avec cette pratique.

Marion s'est dépêchée d'aller en avant de la classe.

— Moi, je ne suis *jamais* absente, monsieur, a-t-elle dit. Je suis toujours, toujours ici. L'avez-vous remarqué que je suis toujours présente?

M. Terreur a fermé les yeux une seconde.

— Oh, oui, Marion! a-t-il dit. Crois-moi, je l'avais remarqué.

— Aussi, je suis toujours ponctuelle, a dit Marion avec un petit rire. L'avez-vous remarqué que je suis toujours ponctuelle?

Elle a souri à la classe.

— *Ponctuelle*, ça veut dire « être à l'heure », les amis, a-t-elle expliqué. L'an dernier, j'étais tellement ponctuelle que j'ai reçu le prix de la ponctualité. Le prix de la ponctualité, c'est pour récompenser l'enfant qui est le plus ponctuel.

M. Terreur l'a fixée des yeux. Il lui a dit d'arrêter de dire le mot *ponctuel*.

Après, Marion a pris la feuille de

présences. Elle a gambadé jusqu'à la porte.

— Ne vous inquiétez pas, les amis, a-t-elle dit d'une voix forte. Je vais aller porter cette feuille au bureau saine et sauve. Comme ça, le directeur va connaître le nom de tous ceux qui sont absents. Et c'est *exactement* ce qu'ils méritent.

M. Terreur a soupiré.

— Je t'en prie, Marion, vas-y!

Marion a fait un petit signe de la main, puis elle est sortie.

J'ai regardé autour de moi. Tous les autres enfants avaient sorti leur devoir, sauf moi.

Mon ventre me faisait encore un peu mal. Parce que bientôt, M. Terreur allait découvrir que je n'avais pas fait mon devoir.

J'ai avalé ma salive.

Mes yeux ont continué de se promener dans la classe. Et vous savez quoi? Ils sont

tombés sur le pupitre de Marion.

Surprise, surprise! Ils ont vu son devoir
sur le pupitre!

Il était là, à la vue de tout le monde!

Mon cœur s'est mis à battre très fort.
Parce que mon cerveau venait d'avoir une
idée, c'est pour ça!

Je me suis tapoté le menton d'un air
pensif.

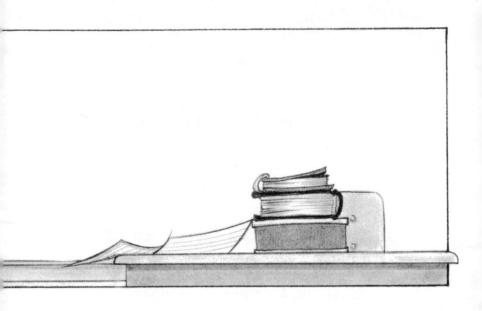

Puis, sans faire de bruit, j'ai tiré le papier
de Marion un peu plus près. Et j'ai copié ce
qui était écrit dessus.

Après, j'ai poussé un soupir soulagé.

Parce que maintenant, j'avais un devoir à
remettre!

J'ai souri. J'ai fermé les yeux. Et j'ai
chuchoté « merci » à Marion de m'avoir
laissée emprunter son devoir.

2

■ ■ ■ ■ ■ ■ ■ ■ ■ ■

La fin de semaine

Marion est revenue du bureau. Elle est entrée et nous a regardés en agitant la main.

— C'est fait, les amis! J'ai apporté la feuille de présences au bureau, comme promis!

Elle s'est tournée vers M. Terreur.

— Tout s'est bien passé, a-t-elle ajouté. Il n'y a eu aucun problème que je n'ai pas pu régler.

M. Terreur a levé les yeux de son bureau.

— D'accord. Merci, Marion. Tu peux retourner t'asseoir.

Mais Marion a continué de parler.

— Au début, je ne savais pas où mettre la

feuille. Mais la secrétaire m'a dit de la mettre dans le panier en métal. Alors, j'ai fait ce qu'elle a dit.

M. Terreur a désigné son pupitre.

— Excellent. Maintenant, va t'asseoir, d'accord?

Marion ne l'a pas écouté.

— Quand j'étais en maternelle, j'ai eu un E+ parce que j'écoutais bien les consignes. E+, c'est plus qu'excellent. Le signe plus veut dire *ultra* excellent.

M. Terreur s'est levé. Il a pris la main de Marion et l'a amenée à son pupitre.

Je me suis creusé la tête pour trouver quelque chose de gentil à dire à cette fille. Parce que j'étais contente qu'elle ait laissé son devoir sur son pupitre.

Finalement, je lui ai tapoté le bras en souriant.

— Contente de te revoir, madame! ai-je

dit très gentiment.

Marion a froncé les sourcils.

— Quelque chose ne va pas?

Je l'ai regardée.

La gentillesse, ce n'est pas très naturel entre nous, je pense.

Puis M. Terreur s'est levé. Il s'est dirigé vers le tableau et a écrit :

Cette fin de semaine, pour m'amuser, j'ai...

— Bon, les enfants, a-t-il dit. Pour votre devoir de la fin de semaine, je vous avais demandé de compléter cette phrase, vous vous souvenez?

Tous les élèves ont hoché la tête.

— Ce matin, j'aimerais que chacun d'entre vous lise son devoir au reste de la classe. Comme ça, vous pourrez découvrir ce que vos camarades font pour se distraire. Ce sera amusant, n'est-ce pas?

Cette fin de semaine,
pour m'amuser,
j'ai...

Tout le monde a hoché la tête. Même si on ne trouve pas ça amusant, on doit quand même hocher la tête.

M. Terreur a souri.

— Nous allons procéder une rangée après l'autre, pour que tout le monde ait son tour. Lucille, veux-tu commencer?

Lucille est assise dans la première rangée, près de la fenêtre. L'an dernier, elle et moi, on était meilleures amies. Mais cette année, on est juste des amies ordinaires.

Lucille s'est levée et a fait bouffer sa jupe. Elle a pris son papier et a commencé à lire.

— Cette fin de semaine, pour m'amuser, j'ai été avec ma riche grand-maman dans un salon de beauté très cher. Toutes les deux, on s'est fait faire les ongles des mains et des pieds. M. Terreur a eu l'air surpris.

— Ça alors, une manucure et une pédicure, Lucille? Dis donc, c'est du luxe!

— Pour certaines personnes, peut-être, a dit Lucille en haussant les épaules.

Elle a baissé les yeux et a continué de lire.

— Après, on a eu un massage facial à la papaye. Ma grand-maman s'est fait faire un enveloppement corporel aux herbes. Et j'ai eu un massage du cuir chevelu aux algues.

M. Terreur est resté muet quelques

secondes. Puis il a hoché la tête très
lentement.

— Bon, très bien.

Il a désigné Cécile.

Cécile est la sœur d'Odile. Ce sont deux
sœurs jumelles.

Cécile s'est levée.

— Cette fin de semaine, pour m'amuser,
j'ai fait un théâtre pour marionnettes avec
une boîte de carton. Après, Odile et moi, on
a fait un spectacle pour notre petit frère Noé.

M. Terreur a souri en entendant cette
nouvelle.

— *Merveilleux,* les filles! Je parie que
c'était amusant de donner un spectacle pour
votre petit frère!

— Pas vraiment, a répondu Cécile.
Noé n'arrêtait pas de nous enlever les
marionnettes des mains. Et il les faisait
s'entretuer.

— On n'aime pas Noé, a dit Odile.

— Noé est un nono, a dit Cécile.

M. Terreur est resté sans rien dire
quelques secondes. Puis il a désigné Roger.

Roger était le plus intéressant jusqu'à
maintenant.

— Cette fin de semaine, pour m'amuser, je suis allé manger de la pizza avec mon père. J'ai mangé toute une pizza aux anchois! Et je n'ai pas vomi avant d'être presque arrivé à la maison.

Tous les élèves ont applaudi Roger pour son incroyable histoire.

M. Terreur avait raison. C'est amusant de découvrir ce que nos camarades font la fin de semaine.

J'avais hâte que ce soit mon tour. Parce que j'adore parler devant toute la classe, c'est pour ça. En plus, tout ce que j'avais à faire, c'était raconter ma fin de semaine. Comme ça, M. Terreur penserait que j'avais fait mon devoir!

J'ai rangé le devoir que j'avais copié dans mon pupitre. Je n'en avais pas besoin, après tout. Parce que vous savez quoi? C'était mon jour de chance!

3

■ ■ ■ ■ ■ ■ ■ ■ ■ ■

Gazelle ponctuelle

Finalement, c'était le tour de la rangée à côté de la mienne. C'est la rangée où José et Louis sont assis.

Quand est venu son tour, José a souri d'un air fier.

Il a raconté que le samedi, son papa lui avait acheté de nouvelles chaussures de soccer. Il les avait portées pour sa partie de soccer et avait marqué le but gagnant!

Après, c'était le tour de Louis. Il a dit qu'il avait eu un nouveau gel pour les cheveux, et aussi une mousse volumisante.

— Une mousse volumisante, a-t-il expliqué, c'est une mousse qui donne de l'ampleur et de la vie aux cheveux très fins.

— Oh! ai-je dit.

— Oh! ont dit Hubert et José.

« Oh! » c'est ce qu'on dit pour encourager quelqu'un.

Marion est assise derrière Louis.

Elle s'est levée. Elle a lu son devoir d'une voix très forte.

— Cette fin de semaine, pour m'amuser, j'ai fabriqué un pot dans ma classe de poterie. Ensuite, j'ai été ponctuelle à mon cours de ballet. Et ma professeure a dit que je dansais comme une *gazelle*!

— Une gazelle, hein? a dit M. Terreur avec un petit rire. Une gazelle est un animal très gracieux.

— Oui, a dit Marion. Aimeriez-vous que je vous montre quelques pas de ballet?

Elle a couru en avant de la classe. Elle a commencé à faire du ballet. M. Terreur lui a dit de retourner s'asseoir.

Aussitôt qu'elle est revenue, j'ai bondi de ma chaise.

— C'est mon tour! C'est mon tour! ai-je dit, tout excitée.

J'ai tapoté mon menton, puis j'ai commencé :

— Bon, voyons voir... Samedi, mon papi Frank Miller est venu me garder. Il m'a laissée faire du patin à roues alignées dans la maison. En plus, il m'a laissée sauter sur le grand lit de maman. Tout ça m'a fatiguée, alors je suis allée dans la cuisine. Et j'ai bu du lait au chocolat directement du *contenant*. Sans prendre de *verre*, je veux dire!

— Oh! a dit Hubert.

— Oh! ont dit Louis et José.

M. Terreur a levé la main pour m'interrompre.

— Heu, excuse-moi, Junie B. On dirait

que tu as eu bien du plaisir samedi. Mais j'aimerais savoir pourquoi tu ne lis pas ta feuille.

Mon cœur s'est mis à cogner très fort. Parce que je n'avais pas pensé à ce problème.

J'ai avalé ma salive.

— Heu... Hum! Eh bien, c'est parce que...

— Ce n'est pas grave, a dit M. Terreur en souriant. Tu peux recommencer. Prends ta feuille et lis-nous ce que tu as écrit.

Je suis restée figée. Je ne pouvais pas bouger.

M. Terreur a croisé les bras.

— Tu *n*'as *pas* fait ton devoir, n'est-ce pas, Junie B.?

Je suis encore restée figée un petit moment.

Finalement, j'ai plongé la main dans mon pupitre. J'ai sorti le devoir que j'avais copié de Marion.

Je l'ai agité faiblement dans les airs.

— Le voici. Voici mon devoir. Le voyez-vous? Il est ici.

— Très bien, a dit M. Terreur en hochant la tête. Peux-tu le lire, s'il te plaît?

J'ai pris une grande inspiration. J'ai baissé les yeux sur ma feuille. Puis j'ai lu en silence, juste pour moi.

— Bon, j'ai fini, ai-je dit.

Je me suis assise. J'ai remis la feuille dans mon pupitre.

M. Terreur s'est approché de moi. Il m'a demandé ma feuille.

Je me sentais toute grelottante à l'intérieur.

J'ai sorti la feuille très lentement de mon pupitre et la lui ai donnée.

Après l'avoir lue, il a secoué la tête.

Il a pris ma main et m'a amenée dans le couloir.

— On dirait que vous avez eu une fin de semaine identique, Marion et toi. N'est-ce pas?

J'ai avalé ma salive.

— Oui, on dirait.

M. Terreur a encore lu ma feuille.

— Donc, tu suis des cours de poterie?

Je me suis balancée d'avant en arrière.

— Ouais, je suis des cours de poterie, ai-je dit. Je fais des petits... des petits pots, quoi!

M. Terreur a respiré profondément.

— Tu suis aussi des cours de ballet, à ce que je vois! Et quelle coïncidence! Samedi, ta professeure t'a dit que tu dansais comme une...

— Gazette, ai-je dit très vite.

— *Gazelle*, a dit M. Terreur.

— C'est ça.

Il a aspiré ses joues et a encore regardé la

feuille.

— En plus, tu as été *ponctuelle*, toi aussi, a-t-il dit. C'est *incroyable*, non?

— Eh bien, vous savez, ce n'est pas incroyable quand on part assez tôt, ai-je dit d'une petite voix.

M. Terreur s'est accroupi devant moi. Son visage n'était pas souriant.

— Junie B. Jones, tu ne peux pas savoir à quel *point* tu me déçois.

Mes yeux se sont remplis de larmes. Je ne m'attendais pas à ce problème.

J'ai vite baissé la tête pour qu'il ne le remarque pas.

— Pardon, ai-je dit. Pardon de vous décevoir.

Il a pris une grande inspiration. Il a dit qu'il me parlerait à la récréation.

Puis il a sorti un mouchoir de sa poche et

me l'a donné. J'ai essuyé mes yeux.

On est revenus dans la classe.

Je suis allée à mon pupitre, la tête basse.

Parce que vous savez quoi?

Ce n'était pas mon jour de chance, après tout.

4

Tricheuse-copieuse

Encore ce lundi pourri

Cher journal de première année,

En ce moment, c'est la récréation.

Je ne joue pas dans la cour.

Au lieu de jouer, je suis assise à mon pupitre. Et j'attends de me faire crier après.

J'aimerais pouvoir ~~disparètre~~ disparaître comme par magie. Si je pouvais disparaître, je courrais dehors. Je trouverais Marion. Et je la frapperais sur la tête.

J'aimerais mieux ne pas être assise à côté de cette fille. Parce que les gens ne devraient pas laisser traîner leurs devoirs pour que les autres puissent les ~~emprunter~~ emprunter.

C'est courir après les ennuis, ça, monsieur!

Junie B., élève de première année.

M. Terreur était en train d'écrire à son bureau.

Il a levé les yeux et m'a appelée.

— Junie B.? Je suis prêt à te parler, maintenant. Peux-tu apporter ta chaise ici, s'il te plaît?

Mon estomac a fait une culbute. Parce que les cris allaient bientôt arriver, je le sentais.

J'ai pris quelques grandes inspirations.

Puis j'ai tiré ma chaise jusqu'à l'avant de la classe. Je me suis assise juste à côté de M. Terreur.

Il a sorti mon devoir de son tiroir. Il l'a placé devant moi avec un air sérieux.

— J'aimerais que tu m'expliques ce qui s'est passé, Junie B. Je veux que tu me dises pourquoi tu as copié le devoir de Marion ce matin.

J'ai essayé d'avaler ma salive, mais je n'ai pas réussi.

— Hum... Eh bien, c'est que... J'ai copié parce que...

J'ai tapoté mon menton.

Tout à coup... j'ai eu une idée!

— Mon père! ai-je dit. C'est la faute de mon père!

Mon enseignant a eu l'air surpris.

— Ton père? Ton *père* t'a dit de copier le devoir de Marion?

— Oui, ai-je dit. Heu, non, je veux dire! Hier soir, je voulais me coucher plus tard pour faire mon devoir, mais papa n'a pas voulu. Il a éteint la lumière. Alors, c'est à cause de lui si je suis venue à l'école sans mon devoir.

— Oh, je vois! a dit M. Terreur. Ton père n'a pas voulu que tu te couches plus tard. *Alors*, tu as été obligée de copier le devoir de Marion.

J'ai hoché la tête à toute vitesse.

— Oui, c'est exactement ça.

Il a levé les sourcils.

— Est-ce que Marion *t'a donné* son

devoir pour que tu le copies?

J'ai levé les yeux au ciel en entendant cette question ridicule.

— Mais non! Marion ne serait jamais *assez* gentille pour ça! C'est juste que ce matin, elle n'arrêtait pas de se vanter d'avoir toujours A+ pour ses devoirs. Et elle a laissé son devoir sur son pupitre quand elle est allée au bureau. Et ça, c'est *courir* après les ennuis, ça, monsieur!

M. Terreur s'est appuyé contre le dossier de sa chaise.

— Ah! a-t-il dit. Alors, quand Marion est allée au bureau, tu as vu son devoir et tu as décidé de...

— De l'*emprunter*, ai-je dit. J'ai décidé de l'emprunter pour le copier.

— L'*emprunter*? a-t-il répété en fronçant les sourcils. Non, Junie B. Je suis désolé, mais *emprunter*, ce n'est pas le bon mot. Quand on copie le devoir de quelqu'un d'autre, ça s'appelle *tricher*.

Mes yeux se sont agrandis en entendant ce mot. Mais de quoi parlait-il, au juste?

— *Non*, monsieur Terreur. *Non!* Je ne suis pas une tricheuse. Tricher, c'est quand on vole les réponses de quelqu'un à un *examen*. Mais un devoir, ce n'est pas un examen. Un devoir, ça ne compte presque pas.

— Oh, oui, les devoirs comptent, Junie B.! Tricher, ce n'est pas seulement voler des réponses d'*examen*. Tricher, c'est quand on prend le travail de quelqu'un d'autre et qu'on le fait passer pour le sien.

Il m'a regardée d'un air sévère.

— Quand tu as triché, ce matin, tu as trahi ma confiance, Junie B. Il y a un

règlement dans la classe numéro un. On doit garder les yeux sur nos propres travaux. Je vous l'ai répété des centaines de fois.

— C'est un règlement, ça? ai-je dit, très surprise. Sans blague? J'ai toujours pensé que c'était... vous savez, une sorte de *suggestion*.

M. Terreur a levé les yeux au plafond.

— Non, Junie B., ce n'est pas une suggestion. C'est un règlement. Et un règlement important.

J'ai tambouriné des doigts sur le bureau.

— Eh bien, qui aurait cru ça?

J'ai pris une grande inspiration, puis j'ai dit d'une petite voix :

— Je suis désolée.

— Moi aussi, je suis désolé, a répliqué M. Terreur. Mais au moins, maintenant, nous nous comprenons. Je n'accepterai pas qu'on triche dans ma classe.

J'ai fait une grimace.

— Ouais, sauf que j'aimerais que vous cessiez de répéter le mot *tricher*. Parce que je ne savais même pas que je trichais, moi! En plus, je n'aime pas les tricheurs, moi non plus. Parce que mon père a triché en jouant au mistigri la semaine dernière. Et cette terrible expérience m'a marquée, je vous le dis!

— Ton père a triché? a dit M. Terreur en fronçant les sourcils.

— Oui, ai-je dit en soupirant. Il a levé le mistigri très haut dans sa main pour que je le choisisse. Et c'est ce que j'ai fait. Ce n'était pas gentil de me jouer ce vilain tour!

M. Terreur a mis sa main devant sa bouche. Il était sous le choc, je pense.

— Et mon père n'est pas le *seul* tricheur de la famille, vous savez, ai-je ajouté en me penchant vers lui. Parce que mon papi Frank Miller est supposé suivre un régime. Mais hier, ma mamie a trouvé une assiette de tarte vide dans son placard. Tout ce qui restait, c'était un petit bout de croûte et une fourchette de plastique.

J'ai *fléréchi* une seconde.

— Pas étonnant que j'aie triché. Tricher, j'ai ça dans le sang, on dirait.

M. Terreur a eu un petit rire.

— Eh bien, personne n'est parfait, a-t-il dit. Tout le monde triche à l'occasion quand on doit suivre un régime. Mais tricher à l'école, c'est très différent, Junie B. Tricher à l'école, c'est grave. Est-ce que c'est clair?

— Très clair, ai-je répondu en hochant la tête.

Après, on s'est serré la main. M. Terreur a transporté ma chaise jusqu'à mon pupitre.

Je me suis assise. Il a sorti une enveloppe de sa poche et me l'a donnée.

— J'ai écrit un mot pour tes parents, a-t-il dit. Je leur explique ce qui s'est passé ce matin. J'aimerais qu'ils lisent cette lettre et la signent. Tu me la rapporteras demain matin, d'accord?

— *Non*, monsieur Terreur! me suis-je exclamée, horrifiée. Je ne suis pas d'accord! S'il vous plaît, ne m'obligez pas à apporter cette lettre à la maison. S'il vous plaît, je ne veux pas l'apporter!

Il a *fléréchi* une seconde. Il a repris la lettre.

— Bon, très bien. Si tu ne veux vraiment pas, je ne t'obligerai pas.

Il est retourné à son bureau.

— Je vais leur téléphoner ce soir, dans ce cas, a-t-il ajouté.

J'ai poussé un grognement. Tu parles d'un *choix*!

J'ai marché jusqu'à son bureau en tapant du pied. J'ai pris la lettre et je l'ai mise dans mon sac à dos.

Puis je me suis assise à mon pupitre. Et j'ai encore écrit dans mon journal.

MONSIEUR TERREUR EST UN RAPPORTEUR!

5

La lettre

Ce soir-là, au souper, je ne pouvais pas avaler ma boulette de viande. Comment peut-on avaler une boulette de viande quand on a une lettre de l'école dans la poche?

Maman n'arrêtait pas de regarder mon assiette.

— Qu'est-ce qui se passe, ma chérie? Tu aimes le spaghetti et les boulettes, d'habitude!

J'ai pris lentement ma fourchette.

Puis je l'ai remise sur la table.

— Quel est le problème, Junie B? a demandé papa. Es-tu malade?

Je me suis levée de ma chaise. J'ai baissé la tête. J'ai lentement sorti la lettre de ma poche.

— J'ai fait quelque chose de mal à l'école, aujourd'hui, ai-je dit, très déprimée. Alors, je dois vous donner quelque chose.

Je me suis balancée sur mes pieds quelques minutes.

J'ai lancé la lettre sur la table.

Puis j'ai couru jusqu'à ma chambre à toute vitesse!

J'ai claqué la porte très fort.

Après, je me suis mise à courir en rond dans ma chambre. Parce que je n'avais pas de plan, c'est pour ça.

Mes animaux en peluche m'ont regardée d'un air surpris.

— *Qu'est-ce qui se passe,* Junie B.? a demandé ma poupée qui s'appelle Ruth. *As-tu des ennuis?*

— *Bien sûr qu'elle a des ennuis!* a dit ma poupée qui s'appelle Larry. *Tu le vois bien! Je parie que papa et maman vont arriver en courant dans une seconde.*

Mon éléphant qui s'appelle Philip Johnny Bob a réfléchi à toute vitesse.

— *Cache-toi, Junie B.!* a-t-il dit. *Cache-toi dans la penderie en attendant qu'ils soient calmés.*

J'ai hoché la tête en entendant cette bonne idée.

Les éléphants sont les animaux en peluche les plus intelligents.

Je l'ai pris par la patte et on a couru se cacher dans la penderie.

On a grimpé par-dessus des souliers et des jouets. On s'est accroupis dans le coin.

Bientôt, on a entendu papa et maman entrer dans ma chambre.

Nos cœurs se sont mis à battre très fort.
On a essayé de se faire encore plus petits
dans le coin. Sauf que tant pis pour nous.

Parce que Philip Johnny Bob a renversé une boîte de chaussures par accident. Et ça a fait un gros bruit.

Papa et maman ont ouvert la porte de la penderie.

Je leur ai souri d'un air amical.

— Bonjour, comment allez-vous aujourd'hui? ai-je demandé.

Philip Johnny Bob leur a tendu les bras.

— *Je vous aime,* a-t-il dit.

Papa a levé les yeux au plafond. Il est entré et nous a sortis de la penderie.

Il nous a demandé de nous asseoir sur le lit.

Maman s'est assise à côté de nous.

— Tu n'avais pas besoin de te cacher, Junie B. Papa et moi, nous n'allons pas te gronder. Nous voulons juste discuter de cet incident avec toi.

Je me suis laissée tomber à la renverse.

J'ai mis mon oreiller sur ma tête.

— Ouais, sauf que j'en ai *déjà* discuté, maman, ai-je dit d'une voix étouffée.

M. Terreur et moi, on en a parlé durant des millions d'heures à la récréation.

Maman a enlevé l'oreiller de ma tête.

— Oui, je suis sûre que vous en avez parlé. Mais papa et moi, nous voulons aussi t'en parler, Junie B. Copier le travail de quelqu'un d'autre, c'est *très* grave, ma chérie.

— Tricher, c'est très mal, a dit papa. Nous voulons être certains que tu comprends.

— Mais je comprends déjà, papa! Moi non plus, je n'aime pas les tricheurs.

J'ai *fléréchi* une minute. Tout à coup, je me suis souvenue du jeu de mistigri.

— De toute façon, ai-je dit en me redressant, si tu penses que c'est mal de tricher, pourquoi le fais-tu toi-même? Hein, papa? Pourquoi?

Papa m'a regardée d'un air surpris.

— Quoi? Mais de quoi parles-tu? Je ne triche pas!

— Oui, tu triches! ai-je répliqué. La semaine dernière, tu as triché au jeu de mistigri. Et j'ai été marquée par cette terrible expérience.

— Junie B., ce n'est pas vrai! Je te l'ai déjà expliqué, tu te souviens? Quand on place le mistigri au-dessus des autres cartes dans notre main, ce n'est pas tricher. Ça fait partie du jeu! C'est juste pour s'amuser!

— Ouais, sauf que ça ne m'a pas amusée, moi! Parce que quand tu l'as placé en haut, tu m'as fait un clin d'œil... comme si ce n'était pas vraiment le mistigri. Sauf que ça l'ÉTAIT, papa! Alors, c'était un vilain tour que tu m'as joué!

Papa a secoué la tête d'un air fâché, puis il est sorti de ma chambre.

Maman m'a ébouriffé les cheveux.

— Désolée, ma chérie. Mais j'ai bien peur que papa ait raison, cette fois-ci. Ce qu'il a fait, ce n'était peut-être pas gentil, mais il n'a pas triché. Essayer de tromper l'adversaire, ça fait partie du jeu.

Après, elle est allée faire couler l'eau de mon bain.

Moi et Philip Johnny Bob, on s'est laissés tomber sur mon oreiller. On a soupiré. Parce que les adultes ont toujours raison, on dirait. Même quand ils font quelque chose de mal.

6

■ ■ ■ ■ ■ ■ ■ ■ ■ ■

Sanguin

Le lendemain, j'étais assise à côté d'Hubert dans l'autobus scolaire. On s'assoit ensemble tous les jours. C'est ce que font les meilleurs amis.

Hubert a commencé à me parler de son nouveau chien, Dali. Sauf que je ne l'écoutais pas vraiment. Comment peut-on parler d'un chien quand on a une lettre de l'école dans la poche?

Maman et papa ont signé ce papier idiot. Et je devais le rapporter à M. Terreur.

Je me suis affalée sur le siège. L'école, ce n'était pas amusant, ces jours-ci.

J'ai regardé Hubert. J'aurais aimé pouvoir lui parler de mon problème. Mais s'il n'aimait pas les tricheuses? Peut-être qu'il ne m'aimerait plus s'il apprenait que j'en *étais* une?

J'ai réfléchi quelques minutes. Puis j'ai pris une grande inspiration. J'ai décidé de courir le risque.

Je me suis penchée près de son oreille. Et j'ai chuchoté secrètement :

— Bon, voici la situation, Hubert. J'ai des petits ennuis en ce moment à l'école. Sauf que je ne suis pas vraiment méchante. Je te le jure. C'est juste qu'hier, par accident, j'ai fait quelque chose de mal. Mais je ne veux pas te dire ce que c'est... parce que peut-être que tu ne m'aimeras plus.

Hubert m'a regardée en haussant les épaules.

— Tu as copié le devoir de Marion quand elle est allée au bureau.

J'ai poussé une exclamation. Comment ce garçon avait-il appris cette information privée?

Je me suis gratté la tête.

— Mais... mais, comment as-tu...

— Je t'ai vue, m'a-t-il interrompue. Louis et José aussi t'ont vue. Tu ne caches pas bien ton jeu, Junie B. Pas bien du *tout*!

J'ai froncé les sourcils. Ce n'était pas un compliment, je pense.

Hubert m'a tapoté le bras.

— Ne t'inquiète pas. On t'aime quand même. Mais ne copie plus les devoirs de Marion. Comme ça, tu n'auras plus d'ennuis.

J'ai hoché la tête. Je lui ai tapoté le bras.

Hubert est un bon ami pour moi.

Hubert et moi, on a marché ensemble
jusqu'à la classe numéro un.

En ouvrant la porte, on s'est arrêtés net.
Parce que oh là là là là!

La classe était complètement différente, je

vous le dis!

Au lieu d'être placés en rangées, les pupitres étaient regroupés en cercles!

On a regardé à l'arrière de la classe, là où on s'assoit d'habitude. Il y avait cinq pupitres dans notre groupe. Marion était déjà assise à sa place.

Elle nettoyait son pupitre avec une lingette.

Louis et José sont entrés derrière nous.

— Hé! s'est exclamé Louis.

— Qu'est-ce qui se passe? a demandé José.

M. Terreur nous a dit de trouver nos pupitres. Il a dit qu'il allait tout expliquer dans une minute.

On est allés s'asseoir en arrière. S'asseoir en cercle, ça fait très amical.

On s'est envoyé la main et on s'est souri. Sauf Marion.

Elle nous a regardés d'un air prétentieux.

— Je le sais déjà pourquoi les pupitres sont comme ça, a-t-elle déclaré. J'étais la première ici ce matin. Et quand on est la première, on sait des choses que les autres ne savent pas.

José a regardé sa lingette. Il a tourné son

index sur sa tempe.

M. Terreur est allé au tableau. Il y avait un mot bizarre écrit sur le tableau.

— Les enfants, ce matin, nous allons faire de la poésie. Voilà pourquoi j'ai disposé vos pupitres de cette façon. Je veux que vous puissiez partager vos idées et discuter.

Il a désigné le mot bizarre. Ça s'épelait c-i-n-q-u-a-i-n.

— Est-ce que quelqu'un sait comment prononcer ce mot? a-t-il demandé. Hein? Qui veut essayer?

Marion s'est levée d'un bond.

— *Sanguin!* a-t-elle crié. Ça se prononce *sanguin!*

Elle a souri, toute contente.

— Je sais comment le prononcer parce que vous me l'avez dit ce matin, vous vous souvenez? J'étais la première ici et je vous ai vu l'écrire au tableau. Et vous m'avez dit que ça se prononçait *sanguin!*

M. Terreur l'a regardée d'un air perplexe.

— Je suis désolé, Marion. Mais ce n'est pas sanguin. Tu as dû mal comprendre. Ce mot se prononce *sin-quin*.

Marion a croisé les bras.

— Non, a-t-elle dit. Je suis certaine que ce n'est pas ce que vous avez dit. Vous avez dit *sanguin*, monsieur. Je le sais.

— Non, Marion, a dit M. Terreur en fronçant les sourcils. Maintenant, assieds-toi.

Elle s'est assise d'un air vexé. Elle a mis sa tête sur son pupitre et s'est cachée sous son chandail.

M. Terreur est retourné au tableau.

— Un *cinquain*, c'est un poème de cinq vers, parfois appelé quintil, a-t-il dit. Et chaque vers doit suivre une règle spéciale.

Il a écrit les cinq règles.

1er **vers** : *Un mot (titre)*
2e **vers** : *Deux mots qui décrivent le titre*
3e **vers** : *Trois verbes au sujet du titre*
4e **vers** : *Quatre mots qui expriment une idée*
ou une émotion au sujet du titre
5e **vers** : *Un mot qui veut dire la même chose*
que le titre.

Après, il a écrit un cinquain pour nous montrer ce que c'était. C'était un poème intitulé *Courgette*.

Courgette
Jaune, verte
Mûrit, cuit, nourrit
Courge de forme allongée
Zucchini

J'ai ri en lisant ce truc rigolo. Qui a déjà entendu parler d'un poème sur les courgettes?

— Écrire un cinquain, c'est amusant, ai-je dit. Ce travail va être facile!

M. Terreur a souri.

— Parfois, les poèmes s'écrivent facilement, Junie B. Et parfois, c'est plus difficile. Mais si tu échanges des mots et des idées avec tes camarades, cela peut stimuler l'imagination.

Il a regardé les élèves.

— En fait, je me suis dit que ce serait amusant si certains d'entre vous écrivaient un poème en équipe.

Marion a vite sorti la tête de son chandail en entendant cette nouvelle.

Elle a regardé notre groupe.

— Bon, d'accord, a-t-elle dit. Je vais être votre chef d'équipe.

Elle a fait une mine fâchée à M. Terreur, puis elle a sorti un crayon.

— Je sais exactement quel sujet choisir, a-t-elle grogné.

Elle a agité la main d'un air dédaigneux :

— Vous quatre, continuez de parler de vos trucs idiots comme d'habitude. Moi, je vais écrire le poème. Je vous le lirai quand j'aurai fini.

— Mais M. Terreur a dit qu'on devait l'écrire *ensemble*, a dit Louis d'un ton déçu.

— Oui, a ajouté José. On doit échanger nos idées, tu te souviens?

Marion a levé les bras dans les airs.

— Je le *savais!* Je savais que ça ne fonctionnerait pas de travailler en équipe. Très bien. Vous n'avez qu'à écrire votre propre poème idiot et je vais écrire le mien.

Elle a pris son crayon et son papier, et elle s'est cachée sous son chandail.

On s'est regardés en haussant les épaules.

Puis on a commencé à travailler.

Je me suis tapoté le menton.

— Hum... Il faut que le premier vers soit le titre, ai-je dit. Alors, il faut choisir le titre en premier.

Marion m'a regardée sous son chandail.

— Tu as trouvé ça toute seule?

José a remis le chandail sur sa tête.

Hubert a levé la main.

— Hé! je sais! a-t-il dit. Comme M. Terreur a écrit un poème sur les courgettes, on pourrait en écrire un sur les olives!

Il s'est appuyé contre son dossier en levant le pouce.

Personne d'autre n'a levé le pouce.

Parce que c'était nul, comme idée.

— Les olives? ai-je répété.

— Je déteste les olives, a dit José.

— J'ai déjà vomi une olive, a ajouté
Louis.

Hubert nous a regardés d'un air agacé.

Je lui ai tapoté le bras.

— Ne sois pas fâché, ai-je dit. C'est juste
qu'il y a peut-être un sujet plus amusant que
les olives, c'est tout.

— *Si,* a dit José. Peut-être qu'on pourrait
parler de soccer. Le soccer, c'est amusant,
non?

— Oui, ai-je dit. Et prendre l'autobus
scolaire aussi, c'est amusant. Hein, Hubert?
Toi et moi, on s'amuse bien dans l'autobus.

Louis a secoué la tête.

— Mais je ne prends pas l'autobus, Junie
B. Je pense qu'on devrait parler de quelque
chose que *tout le monde* connaît.

Il a réfléchi une seconde. Puis il a tapé des
mains.

— Je sais! On pourrait parler de nos

cheveux! On pourrait décrire comment on les lave pour les garder souples et brillants! Tout le monde fait ça, non?

José, Hubert et moi, on l'a fixé longtemps.

Parce que des fois, Louis a des idées bizarres.

Finalement, José a mis la tête sur son pupitre.

— Peut-être qu'on se complique la vie pour rien, a-t-il dit. Pourquoi on n'écrit pas sur quelque chose de facile? Comme sur le fait qu'on est des amis, par exemple.

— Ouais, a dit Hubert en souriant. C'est une bonne idée. On pourrait parler de nous quatre. Et on pourrait l'intituler Amis.

— Oui, a dit José. Ou bien *Amigos*.

Je me suis mise à sauter sur place, tout excitée.

Parce que le titre parfait m'est venu à

l'esprit, c'est pour ça! Il était tombé du ciel!

— COPAINS! me suis-je écriée. On pourrait l'appeler Copains! Parce que c'est ça qu'on est! Les meilleurs *copains* du monde! Et Copains, c'est un joli titre, vous ne trouvez pas?

Je les ai regardés avec espoir.

Tous mes copains ont commencé à sourire.

Notre poème commençait bien!

7

Copains

On a travaillé presque toute la matinée
sur nos poèmes. M. Terreur avait raison!
Échanger des idées, ça stimulait vraiment
l'imagination! En plus, chacun a ajouté son
grain de sel au poème. Ça s'appelle du travail
d'équipe!

Quand le poème a été fini, je l'ai recopié
bien proprement sur une feuille de papier.

Louis, José et Hubert m'ont observée
pendant que j'écrivais.

— J'ai une très belle écriture, leur ai-je
dit. Je pourrais même gagner des concours.

Bientôt, tous les élèves de la classe

numéro un ont fini leur poème.

Bonne nouvelle! M. Terreur a dit qu'on avait le temps d'en lire quelques-uns à la classe.

Lucille n'a pas attendu qu'il dise son nom.

Elle a couru en avant. Elle a regardé Cécile et Odile en plissant les yeux.

— Je voulais écrire mon poème avec deux filles de mon équipe, mais tout ce qu'elles voulaient faire, c'était écrire un poème sur les jumelles, et encore les jumelles! Il y a autre chose dans la vie que les jumelles, vous savez, a-t-elle ronchonné.

Elle a fait bouffer sa robe à dentelle, puis elle a lu son poème.

Moi
Lucille riche
Achète, dépense, magasine
Les autres sont jaloux
Princesse

M. Terreur n'a rien dit pendant une seconde. Puis il a souri en hochant la tête.

— Bien, Lucille. Très bien. Ce poème en dit long, n'est-ce pas?

— Oui, a répondu Lucille. Très long.

Elle a jeté un autre coup d'œil fâché aux jumelles. Puis elle est retournée s'asseoir.

Ensuite, Marion non plus n'a pas attendu que M. Terreur l'appelle. Elle a couru en avant comme Lucille. Elle a lu son poème d'une voix très forte.

Sanguin
San-san, guin-guin!
Je ne suis pas sourde
M. Terreur m'a dit le mot sanguin
Je m'en souviens très bien!

M. Terreur s'est frotté le menton.

— C'est un poème très intéressant,
Marion. Mais il ne suit pas les règles du
cinquain.

— Vous voulez dire du *sanguin*, a dit
Marion.

Il a poussé un soupir. Il s'est levé. Il a
raccompagné Marion à sa place.

Après, il restait du temps pour un seul
autre poème.

Les membres de mon équipe ont agité
leur main dans les airs.

— On a un bon poème! a crié José.

— Oui! Il est très bon! a ajouté Louis.

M. Terreur nous a fait signe.

On s'est levés et on a lu le poème tous ensemble.

Copains
Joyeux, taquins
Partagent, coiffent, rient
Amigos pour la vie
Amis

8

A+ pour nous

A+!

Notre équipe a eu A+ pour ce poème!

M. Terreur s'est approché de nos
pupitres. Il a sorti son crayon rouge. Et il a
écrit A+ en haut de notre feuille!

— Quel *merveilleux* poème! a-t-il dit. Je
l'aime beaucoup.

On a sauté de joie et on s'est applaudis
nous-mêmes.

C'était le matin le plus amusant de ma
vie.

Et ce n'est pas tout! Le dîner et la
récréation aussi étaient amusants. Parce que

quand quatre amis sont de bonne humeur en même temps, la vie est belle, je vous le dis!

Après la récréation, je me suis dépêchée de retourner à la classe numéro un. Parce que j'avais hâte de voir quel travail on allait faire.

Je suis entrée en gambadant dans la classe et j'ai regardé le tableau.

Tout à coup, boum!

Je me suis arrêtée net.

Parce que sur le tableau, il y avait un mot horrible : DICTÉE!

J'avais complètement oublié ce truc idiot!

La dictée était censée être le vendredi d'avant. Mais elle avait été remise au mardi. Alors, comment aurais-je pu m'en rappeler le lundi? Le lundi soir, j'étais occupée à m'inquiéter de la lettre, évidemment.

Mes jambes sont devenues faibles et

molles.

J'ai marché jusqu'à ma place en traînant les pieds.

Les pupitres avaient repris leur position normale.

Hubert était déjà assis. Il s'est tourné vers moi.

— Qu'est-ce que tu as, Junie B.? Tu ne te sens pas bien?

J'ai couché ma tête sur mon pupitre.

— J'ai oublié d'étudier mes mots de dictée hier soir, ai-je répondu. Et maintenant, je vais encore me faire disputer par mes parents. C'est ça, le problème, avec l'école. Un moment, on est tout joyeux et content, et le moment d'après, notre bonne humeur s'envole d'un seul coup.

Hubert a essayé de me remonter le moral.

— Ne t'inquiète pas. Les mots sont

faciles, cette semaine. Enfin, plus ou moins.

J'ai poussé un gémissement. Parce que *plus ou moins*, ça ne veut pas dire vraiment facile.

M. Terreur a distribué des feuilles.

— Tout le monde est prêt pour la dictée? a-t-il demandé en faisant un clin d'œil. Comme vous avez eu quatre soirs supplémentaires pour étudier, vous devriez tous avoir une note parfaite!

J'ai eu une boule dans le ventre en entendant ce commentaire.

La dictée a commencé.

M. Terreur a prononcé le premier mot. Puis il l'a mis dans une phrase.

— *Poule*, a-t-il dit. La *poule* pond des œufs. *Poule*.

Je me suis sentie un peu mieux. Parce que je savais comment écrire le mot *poule*.

Je l'ai écrit sur ma feuille.

poule

— Le prochain mot est *bois*, a dit
M. Terreur. Le renard court dans les *bois*.
Bois.

Je me suis redressée, toute contente. Parce
que le mot *bois* était aussi facile que poule!

b ois

— Le prochain mot est *seau*, a dit
M. Terreur. Je mets du sable dans mon *seau*.
Seau.

J'ai arrêté d'être contente. Parce que je
n'étais pas certaine de savoir écrire ce mot.

J'ai écrit des lettres.

sot

Puis je les ai rayées. Ce n'était pas la
bonne sorte de sot, je pense.

J'ai essayé encore.

saut

J'ai secoué la tête. Ça n'avait pas l'air des bonnes lettres.

J'ai mis ma tête dans mes mains et j'ai poussé un grognement.

— Chut! a dit Marion.

Hubert a commencé à tourner la tête pour voir ce qui se passait. Puis il s'est arrêté. Parce qu'on n'a pas le droit de tourner la tête pendant la dictée.

J'ai regardé ce que j'avais écrit. Je me suis creusé la tête pour me souvenir des bonnes lettres. Sauf que je ne trouvais rien.

J'ai encore grogné.

Tout à coup, un miracle est arrivé!

Mon ami Hubert est venu à ma rescousse!

Il s'est poussé un peu sur sa chaise. Puis il a bougé sa feuille pour que je puisse la voir.

Il a montré le mot avec son doigt.

Ma bouche s'est ouverte toute grande devant ce geste généreux.

Je ne lui avais même pas demandé!

Il m'a juste *donné* la réponse.

Comme un cadeau!

Je me suis étiré le cou pour mieux voir.

Youpi! Aussitôt que j'ai vu le mot, mon

imagination a été stimulée! Et je me suis
rappelé parfaitement bien comment le mot
s'écrivait!

Je l'ai vite écrit sur ma feuille.

seau

Juste à temps! Parce que M. Terreur disait
déjà le prochain mot.

— *Copier*, a-t-il dit. Je t'ai vu *copier*.
Copier.

Je me suis figée sur ma chaise. J'ai avalé
ma salive. Parce que je pensais vraiment qu'il
m'avait vue *copier*, c'est pour ça.

Mais, bonne nouvelle, je m'étais trompée!

Il ne m'avait pas vue copier. En plus, ce
que j'avais fait, ce n'était même pas grave,
probablement. Parce qu'Hubert avait partagé
son mot avec moi. Comme pour le poème,
quand on avait échangé nos idées.

J'ai poussé un soupir. J'ai écrit *copier* sur la feuille.

Après, j'ai continué la dictée sans problème.

Et j'ai oublié ce qui venait de se passer.

Plus ou moins.

9

La nuit porte conseil

Ce soir-là, Philip Johnny Bob et moi, on n'a pas très bien dormi.

On n'arrêtait pas de se tourner et de se retourner dans mon lit.

Aussi, Philip Johnny Bob parlait dans son sommeil. Parce que je l'ai entendu dire *tricheuse-copieuse*.

Je l'ai réveillé quand j'ai entendu ça. Tous les deux, on a bu un peu d'eau. Et on a discuté de ce problème.

Le lendemain, nos yeux étaient bouffis et fatigués.

Et vous savez quoi? On n'était pas les seuls. Parce que quand mon ami Hubert est monté dans l'autobus, ses yeux aussi étaient bouffis et fatigués.

Il s'est laissé tomber sur le siège à côté de moi. Il a bâillé.

— Je n'ai pas très bien dormi cette nuit, a-t-il dit d'un ton fatigué.

— Moi non plus, Hubert, ai-je dit. Je n'ai pas bien dormi.

Hubert est resté là sans rien dire un moment. Puis il a soupiré.

— Ouais, sauf que je ne veux pas te dire *pourquoi* je n'ai pas bien dormi. Tu serais fâchée contre moi.

— Pourquoi? ai-je dit en haussant les sourcils.

Il s'est tortillé d'un air embarrassé.

— C'est à propos de la dictée, a-t-il chuchoté.

— Ah! ai-je dit. Ah, bon. C'est parce que je ne t'ai pas remercié de m'avoir aidée?

Je lui ai tapoté le bras.

— Merci, Hubert. Grâce à toi, je me souviendrai toujours comment écrire le mot *seau*.

Les épaules d'Hubert sont retombées.

— Ouais, c'est justement *ça*, le problème, Junie B. C'est pour *ça* que je n'ai pas bien dormi hier. Je suis désolé, mais je me sens mal de t'avoir aidée.

Il s'est encore tortillé.

— Je l'ai fait pour être gentil, a-t-il ajouté. Mais après t'avoir montré ma feuille, je... je ne me sentais pas gentil, je me sentais comme un... tu sais, comme un...

Je me suis redressée en m'exclamant :

— Comme un *tricheur*! Tu avais l'impression d'être un tricheur! C'est ça, hein? C'est pour ça que tu n'arrivais pas à dormir hier? Parce qu'en premier, tu pensais que ce serait gentil de partager avec moi. Mais après, tu as senti que tu avais fait quelque chose de mal.

Hubert m'a regardée d'un air surpris.

— Oui, exactement. Comment le sais-tu?

— Parce que, Hubert. As-tu oublié à qui tu parles, en ce moment? Je suis moi-même une tricheuse, tu te souviens? Alors, je sais exactement comment tu te sens!

J'ai secoué la tête.

— Je n'en reviens pas, Hubert. Je n'en reviens pas d'avoir triché deux fois. Lundi, j'ai copié le devoir de Marion. Et hier, j'ai copié ton mot de dictée. Sauf qu'au début, j'ai essayé de croire qu'on partageait, toi et moi.

Hubert a hoché tristement la tête.

— Oui, mais ce n'était pas vrai, hein?

— Non. On ne partageait pas, Hubert. Parce que partager des mots de dictée, c'est *tricher*.

Hubert a fait une grimace en entendant ce

mot.

Je lui ai tapoté le bras.

— Je sais comment tu te sens, mon copain. Le mot tricheur te fait te sentir comme un horrible méchant pourri qui n'est pas digne de confiance.

Hubert a hoché la tête. Puis il a fait un petit sourire.

— Tu parles tellement bien, Junie B. Jones!

— En fait, c'est Philip Johnny Bob qui a trouvé cette phrase, ai-je dit en haussant les épaules.

Après, Hubert et moi, on a roulé en autobus jusqu'à l'école sans parler.

On se sentait mieux, je pense.

On s'est dénoncés nous-mêmes à la récré. Hubert et moi. Ensemble. Tous les deux.

Après le dîner, on est allés à la classe numéro un. Et on a dit à M. Terreur qu'on avait triché pendant la dictée.

Hubert a expliqué qu'il m'avait entendue grogner pendant la dictée. Et il ne voulait pas que je me fasse encore disputer par mes parents. Alors, il m'avait montré sa réponse pour que j'aie une bonne note.

J'ai expliqué que c'était généreux de sa part d'avoir partagé avec moi, mais qu'après, on s'était sentis très mal. Et qu'on ne le ferait plus jamais, jamais.

M. Terreur a écouté attentivement. Il nous a remerciés de notre franchise. Il a dit qu'il nous admirait beaucoup de lui avoir tout avoué.

Il a sorti nos dictées. Il a écrit un gros zéro en haut de chaque feuille. Parce que même s'il nous admirait, on méritait quand même un zéro, apparemment.

Sauf que ce n'est pas tout.

Ce soir-là, pendant que je mangeais mon souper, M. Terreur a téléphoné à la maison. Il m'a dénoncée à maman.

Au début, maman fronçait beaucoup les sourcils.

Après, elle et papa m'ont encore parlé de tricherie. Ils m'ont crié après un petit peu.

Mais plus tard, quand ils sont venus me border, ils ont dit qu'ils étaient fiers que je me sois dénoncée avec Hubert. Et on a fini par se donner de gros câlins.

Philip Johnny Bob et moi, on a bien dormi cette nuit-là.

Mais ce n'est pas la meilleure nouvelle.

Quand on est arrivés à l'école le lendemain, M. Terreur nous a appelés à son bureau, Hubert et moi. Il nous a donné un poème spécial qu'il avait écrit lui-même!

J'ai essayé de lire le mien, mais je ne connaissais pas tous les mots. Alors, M. Terreur me l'a lu.

Quand il a fini, j'ai souri, très fière.

Puis je l'ai lu encore une fois. Juste pour moi.

Junie B.
Malicieuse, spontanée
Grandit, apprend, pense
Digne de ma confiance
Franche

BARBARA PARK se classe parmi les auteurs les plus drôles et les plus populaires de la littérature jeunesse d'aujourd'hui. Ses romans lui ont valu de nombreux prix littéraires. Barbara possède un baccalauréat en éducation de l'Université de l'Alabama. Elle a deux fils et vit en Arizona avec son mari Richard.

Les illustrations amusantes de DENISE BRUNKUS figurent dans plus de cinquante livres. Elle vit au New Jersey avec son mari et sa fille.